D1244711

**À James, Diego, Emma, Peregryn, Juniper, Dyson, Kate, Jayden, Hailey, Zoey et chaque nouvelle nuance dans le spectre des couleurs.**

Catalogage avant publication de Bibliothèque et Archives Canada

Chung, Arree
[Mixed. Français]
Tout mélangé! : histoire de couleurs / Arree Chung, auteur et illustrateur; texte français de Fanny Thuillier.

Traduction de: Mixed.
ISBN 978-1-4431-6967-7 (couverture souple)

I. Titre. II. Titre: Mixed. Français.

PZ23.C475To 2018 j813'.6 C2018-902642-1



Édition publiée par les Éditions Scholastic, 604, rue King Ouest, Toronto (Ontario) M5V 1E1.

5 4 3 2 1 Imprimé au Canada 119 18 19 20 21 22

L'artiste a utilisé de l'encre de Chine avec un pinceau et des peintures acryliques sur du papier Rives BFK pour réaliser les illustrations de ce livre.

Conception graphique : Rebecca Syracuse

# TOUT MÉLANGÉ!

## Histoire de couleurs

**Arree Chung**

Texte français de Fanny Thuillier

SCHOLASTIC

À l'origine, il y avait trois couleurs :

les Jaunes,

les Rouges

et les Bleus.

Les Rouges étaient les plus bruyants.

La la!
La la la!

Les Jaunes étaient les plus brillants,

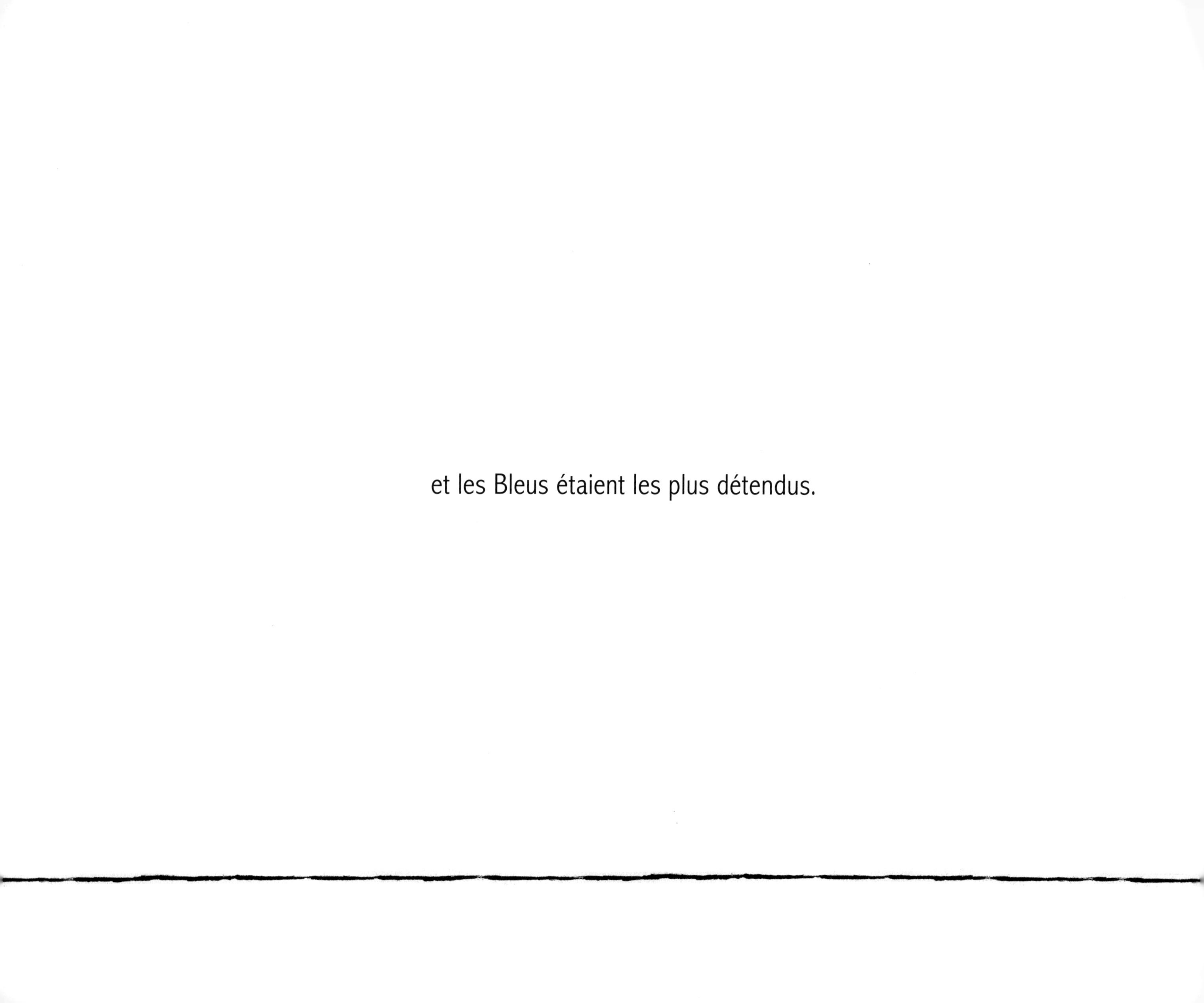

et les Bleus étaient les plus détendus.

Toutes ces couleurs vivaient
en harmonie jusqu'au jour où...

un Rouge a crié :

Les ROUGES sont les MEILLEURS!
ROUGE
LES ROUGES SONT
Nº 1

Les Jaunes n'étaient pas d'accor

Quant aux Bleus, ils étaient bien trop détendus pour se donner la peine de répondre.

ROUGEVILLE
CI
BLE
TRUCS GRATUITS

À partir de ce jour,
les couleurs ont
décidé de vivre dans
des quartiers séparés.

Cependant, une Jaune a rencontré un Bleu...

et une étincelle s'est produite.

Jaune et Bleu sont devenus inséparables.

La vie était si belle!

Mais certaines couleurs ne voyaient pas cela d'un bon œil.

Jaune et Bleu s'aimaient tellement
qu'ils ont décidé malgré tout de

# SE MÉLANGER.

Ensemble, ils ont créé une nouvelle couleur.

Ils l'ont appelée Verte.

Verte était aussi brillante que Jaune

et aussi calme que Bleu,

mais elle était bien une couleur à part entière.

Verte fascinait tout le monde.

Même les couleurs les plus grincheuses étaient sous le charme de Verte.

Les couleurs ont découvert de nouvelles possibilités,

et d'autres couleurs se sont mélangées,

et mélangées,

et mélangées,

# et mélangées!

Bientôt, une quantité de nouvelles couleurs et de nouveaux noms sont apparus.

Les vieux quartiers de Rougeville, de Cité Bleue
et de Mont Jaune n'avaient plus de raison d'être.
La ville a été reconstruite pour que toutes
les couleurs puissent y vivre ensemble.

La nouvelle ville était multicolore.

Elle n'était peut-être pas parfaite,

mais toutes les couleurs
s'y sentaient chez elles.

CONFETTIS
Paillettes